DE CHOSES

ET D'AUTRES.

PARIS,

Chez CORREARD, libraire, Palais-Royal, galerie de bois.

26 avril 1820.

IMPRIMERIE DE MADAME JEUNEHOMME-CRÉMIÈRE,
RUE HAUTEFEUILLE, n⁰ 20.

DE CHOSES

ET D'AUTRES.

§ I.

Le Ministre et la Nation.

Le Ministre. Vous êtes une bonne nation, que jusqu'ici l'on a conduite à peu près comme on a voulu, par deux moyens, dont je connais fort bien l'emploi : de belles paroles et des agens de police. D'où vient que, depuis quelque temps, vous vous montrez si récalcitrante ? En vérité, vous n'êtes plus reconnaissable. De vos habitudes sous Bonaparte à vos habitudes d'aujourd'hui, il y a un siècle d'intervalle.

La nation. Monseigneur, c'est qu'on m'a donné une Charte.

Le ministre. Il me semble que c'est là une raison pour ne pas manifester autant de défiance. On vous a donné une Charte, vous l'avez, nous protestons tous les jours de notre respect pour elle, que voulez-vous donc de plus ?

La Nation. Votre respect pour la Charte me fait assurément grand plaisir ; mais, si vous pouviez la respecter autrement.

Le Ministre. En vérité, vous vous montrez bien difficile; ne vous ai-je pas démontré à la tribune que vous étiez libre, puisque je demandais l'arbitraire.

La Nation. Ah ! monseigneur , la belle raison ; c'est bon pour le centre, tout au plus ; mais à moi ! Il est bien clair que si vous aviez été toujours en possession d'ordonner à volonté de ma liberté , ou si vous vous étiez cru assez fort pour en usurper le droit, vous ne seriez pas venu le demander ; mais , il n'en faut pas conclure que je suis libre; la seule conséquence raisonnable qu'on en puisse tirer , c'est que j'ai été libre , et que je ne le suis plus.

Le Ministre. Bah, bah, ce sont vos écrivains libéraux qui vous font croire cela. En vérité, il est inconcevable qu'une nation aussi sage , aussi raisonnable, aussi bonne , se laisse guider ainsi par une troupe de barbouilleurs de papier, qui ne font que répéter des sottises, quand ils ne prêchent pas la révolte ; vous avez donc oublié ce que j'ai dit sur les *doctrines pernicieuses et anarchiques* de ces messieurs.

La Nation. Un peuple tout entier ne se laisse pas guider par des journalistes , et ne s'enflamme pas pour des théorics. Si quelques écrivains ont beaucoup de lecteurs, si leurs ouvrages sont recherchés , c'est parce que les doctrines et les opinions qu'ils développent , répondent aux principes , aux intérêts , aux désirs de leurs lecteurs.

Le Ministre. En vérité vous devenez raisonneuse. Vous ne raisonniez pas ainsi sous Bonaparte.

La Nation. Il vous en souvient, monseigneur; c'est justement pour cela que je raisonne aujourd'hui.

Le Ministre. Enfin de quoi vous plaignez-vous ?

La Nation. De ce qu'on attente à ma liberté.

Le Ministre. Ne voilà-t-il pas que je vous y prends encore : *votre liberté.* C'est là l'expression favorite de vos libéraux.

La Nation. Eh bien ! monseigneur , je réclame *mes libertés, les libertés promises par la Charte,* celles que vous venez de suspendre.

(5)

Le Ministre. Patience. On vous les rendra ; d'ailleurs, ce que j'en fais, ce n'est que pour *votre bien*.

La Nation. Vous disiez la même chose en 1815, vous l'avez répété en 1816 et en 1817. Et cependant *mon bien* est encore à faire. Croyez-vous que la chose soit plus facile aujourd'hui, ou n'auriez vous pas employé les premiers sacrifices que je vous ai consentis, à faire le vôtre, et quelle garantie ai-je que vous agirez autrement ?

Le Ministre. La promesse que j'en ai faite à la chambre.

La Nation. Vous en avez promis autant toutes les années depuis que nous avons affaire ensemble. Tenez, vos promesses sont à trop longue échéance, et cependant mes libertés vous sont livrées comptant ; le marché n'est pas égale. Reprenez vos promesses, et rendez-moi la Charte ; depuis six ans, je n'en ai pas joui complétement une année entière.

Le Ministre. Preuve que vous n'en êtes pas encore digne. Personne ne vous en conteste la possession ; mais on ne veut vous en accorder la jouissance que peu à peu, pour vous y accoutumer tout doucement.

La Nation. Au train dont vous y allez, l'époque de la jouissance complète est bien éloignée ; car vous reprenez à mesure que vous accordez. Au commencement de cette année vous m'aviez promis de nouvelles garanties pour la liberté individuelle, l'organisation des gardes nationales, un système de libertés municipales ; enfin, des modifications importantes dans l'institution du jury, au lieu de tout cela vous m'enlevez la liberté de la presse, vous détruisez la liberté individuelle, et sous le prétexte d'un léger changement à la loi des élections, vous accordez à la grande propriété, c'est-à-dire, aux nobles, une influence exclusive, que nous étions tous convenus qu'ils n'auraient pas.

Le Ministère. Puisque vous en êtes sur les reproches,

je vais vous en faire aussi. Vous avez commencé par m'envoyer des milliers d'adresses en faveur de votre loi des élections, et cette usurpation est d'autant plus répréhensible que vous savez bien que cela ne pouvait que gêner la réussite de vos projets. Aussi nous en avons fait justice. Aujourd'hui vous avez l'audace de former et de remplir une souscription qui tend à détruire les bienheureux effets de l'arbitraire, vous poursuivez nos censeurs à coups de sifflets, et vous applaudissez aux écrivains qui profitant des restrictions apportées à la loi de censure, continuent à vous encourager dans votre opposition. Cette conduite est vraiment scandaleuse, et ce n'est pas ce qu'on attendait des soins apportés sous Bonaparte à la formation de l'esprit public.

La Nation. Monseigneur, vous répondez comme les journaux ministériels, par des récriminations ; tous vos reproches ne détruisent pas l'existence des griefs que j'ai énumérés. La résistance que vous rencontrez est une preuve que les esprits ne sont pas convaincus de la nécessité des lois exceptionnelles, qu'ils en redoutent l'exécution, et ne prouve nullement que, pour me contenter, vous ayez rempli vos promesses. Là, de bonne foi, de quoi voulez-vous donc que je me montre si content ?

Le Ministre. Écoutez, j'ai parlé à la tribune le plus que j'ai pu, ensuite sous le couvert des préfets, lieutenans généraux et procureurs du roi, nous vous avons adressé une belle circulaire, et nous avons donné ordre à tous les journaux de vous la faire connaître ; si, après tout cela vous n'êtes pas convaincue, je ne sais plus qu'y faire, je m'en lave les mains et je garde mes lois d'exception. Je ne puis plus vous renvoyer au *Journal de Paris* ; il vous donnera les meilleures raisons qu'il pourra, et vous y verrez que tout le monde est content, ou doit l'être.

La Nation. Hélas! monseigneur, il aura bien de la peine à me le faire comprendre. D'ailleurs, vous venez si souvent le démentir à la tribune. Quand vous avouez que, pour contenir les mécontens, il vous faut des pouvoirs extraordinaires, c'est avouer aussi, ce me semble, que les mécontens sont nombreux et puissans.

Le Ministre. Oh! ceci ne doit pas tirer à conséquence. Je dis cela pour obtenir les pouvoirs extraordinaires; mais vous savez bien que j'ai coutume d'ajouter, après, que la majorité, saine et tranquille, nous environne d'estime et de confiance, et que les opposans se trouvent en si petit nombre, qu'à peine sont-ils dignes de notre mépris. Vous voyez que je trouve réponse à tout. Vous devez être contente, je n'ai plus rien à vous dire, et je romps la conversation.

La Nation. Oh! monseigneur, je ne vous laisse pas partir ainsi; il faut que vous écoutiez mes réclamations jusqu'à la fin; il faut que vous sachiez à quoi l'infraction.....

Le Ministre. C'est bon, c'est bon, vous me rompez la tête; ne vous ai-je pas dit que l'audience était terminée.

La Nation. Non, monseigneur, elle ne l'est pas, et vous avez beau feindre, mes justes sujets de plainte vous poursuivent partout. On s'en aperçoit à votre conduite incertaine et embarrassée.

Je réclame hautement la stricte exécution de la Charte, je ne la connais encore que par des promesses et des éloges ministériels qui en ont toujours été les oraisons funèbres. Je réclame et ces libertés que vous m'avez enlevées, et l'exécution des promesses que vous m'avez faites. J'ai pu, pendant plusieurs années, en attendre patiemment l'exécution; mais aujourd'hui que, loin d'obtenir ce qu'on m'a promis, je me vois dépouillé de ce que j'avais acquis, et livrée à mes plus cruels ennemis, par suite de combinaisons

ministérielles , j'éleverai la voix pour défendre mes intérêts, je saisirai toutes les occasions de manifester mon opposition ; et je saurai sauver ma liberté.

Le Ministre. Moi, je vous déclare séditieuse, anar-
chique , révolutionnaire, et je saurai bien trouver les
moyens de vous réduire au silence.

La Nation. Monseigneur, prenez garde, vous donnez là
un exemple dangereux, et vos écrivains ne les suivent
déjà que trop. A force de m'appeler révolutionnaire, vous
finirez....

Le Ministre. Ah ! vous le prenez sur ce ton ; eh bien !
j'en appelle à la loi de confiance, et je vous ferai empri-
sonner.

La Nation. Par qui, monseigneur ?

§ II.

M. le comte de Girardin a publié le discours qu'il avait
vainement tenté de faire entendre à la chambre, dans
la séance orageuse du 17 avril. Ce discours contient des
argumens puissans , contre le droit que vient de s'ar-
roger le ministère, de retirer un projet de loi , dont une
chambre se trouvait constitutionnellement saisie.

Le ministère avait grand intérêt à réfuter les argumens
de M. le comte de Girardin ; mais cet intérêt, quelque puissant qu'il fût , ne suffisait pas pour lui en donner les
moyens , et pourtant il fallait réfuter. Qu'a-t-il fait ?
Il a eu recours au génie *inventif* des rédacteurs de son
Journal de Paris ; et aussitôt les moyens ont été trouvés.
Rien n'était plus simple , il ne s'agissait, pour avoir raison,
que de faire dire , à l'honorable député, ce qu'il n'avait
pas dit.

Voici donc les argumens , et la forme de raisonnement que *le Journal de Paris* a imaginé de prêter à M. de Girardin :

Le droit de substituer un projet au projet présenté, n'est pas écrit dans la Charte. Or, il n'y a que les droits écrits qui soient légitimes. Donc, etc.

Le Journal de Paris s'égaye beaucoup d'abord sur cette forme d'argumentation ; et ici , le *Journal de Paris* s'amuse à ses propres dépens , car dans le cas dont il s'agit , cette forme est tout-à-fait sa propriété ; puis il conclut des propositions qu'il vient de poser , que si on les admettait , on établirait *que le roi n'a pas le droit de se marier, ni de sortir du royaume , sans la permission des chambres , etc.* Enfin , poursuivant sa réfutation le *Journal de Paris* en sort *presque* victorieux. Il est beau de se vaincre soi-même , et dans cette occasion , on ne saurait contester cet avantage au *Journal de Paris.* L'attaque et la résistance viennent également de lui.

Je n'ai pas sous le yeux le discours de M. le comte de Girardin ; mais je crois me rappeler le passage qui a fourni au *Journal de Paris* son ingénieuse fiction.

M. de Girardin établit, quelque part dans son discours , qu'il existe cette différence entre les droits des citoyens et ceux du pouvoir, que les uns s'étendent à tout ce que la loi n'a pas interdit, et qu'au contraire les droits du pouvoir sont nécessairement bornés aux stipulations écrites ; que toute action *du pouvoir*, qui n'est pas expressément permise par la loi , devient une usurpation.

Il ne résulte pas de là , comme on voit , que *le roi ne puisse pas se marier ni sortir du royaume sans la permission des chambres.* Je sais bien que dans quelques pays la loi est intervenue dans ces actes du chef de l'état, mais certainement ces actes ne sont pas essentiellement de la nature de ceux du pouvoir. Et le *journal de Paris* ne les aurait pas donnés pour exemple s'il eût rapporté fidèlement l'opinion de M. de Girardin.

Cette opinion reste donc intacte malgré la lumineuse sortie du *Journal de Paris*, et elle est de nature, je crois, à ne pouvoir être combattue victorieusement.

Et en effet, si c'est un axiome reconnu pour tout le monde que la loi permet aux citoyens tout ce qu'elle ne leur défend pas, ce doit en être un aussi, que le pouvoir n'a de droits que ceux qui lui sont attribués par la loi; car autrement il y aurait contradiction.

Le *Journal de Paris* savait bien cela, et c'est ce qui l'a déterminé à prêter à M. de Girardin des argumens plus faciles à attaquer.

§ III.

POUR bien juger du nouveau projet de loi sur les élection, pour apprécier les différences qu'il présente avec le projet retiré, et les vues dans lesquelles il lui a été substitué, il convient d'examiner les circonstances qui ont fait naître l'un et l'autre.

Lorsque le premier de ces projets fut résolu, le ministère était encore puissant; mais bientôt il allait cesser de l'être. Ce fut pour conserver sa puissance, c'est-à-dire, pour rester au-dessus des lois, ou pour gouverner selon celles qui lui plairait de faire, qu'il résolut de détruire la loi des élections; mais cette loi reposait sur l'attachement de la nation qui voyait en elle la plus forte garantie de ses droits. Pour l'attaquer, le ministère devait réunir toutes les forces possibles; il devait surtout faire alliance avec l'ennemie née des libertés publiques : avec l'aristocratie. Il se tourna donc vers elle, mais sans vouloir s'y soumettre; car ce n'était pas une dépendance plutôt

qu'une autre que voulait le ministère ; et, trois ans aupa-
ravant, il avait bien prouvé que celle de l'aristocratie ne
lui convenait pas plus que celle de l'opinion nationale. Ce
qu'il voulait, c'était de se soustraire à toute dépendance.

Le projet qu'il conçut alors ne fut donc qu'une transaction entre les prétentions de l'aristocratie et les siennes,
ou plutôt, dans son intention, cette transaction ne fut
qu'apparente.

Et en effet, si la première classe d'électeurs devait être
le refuge de l'aristocratie, elle n'excluait pas pourtant
l'influence ministérielle ; dans cette classe comme dans
l'autre cette influence avait été ménagée par des disposi-
tions fort efficaces, entr'autres, par exemple, par la mons-
trueuse composition des bureaux. Il devait arriver en
outre de cette division des électeurs en deux classes, que
les députés librement choisis par chacune d'elle, représen-
teraient des intérêts différens. Or, le ministère avait cal-
culé qu'au moyen des nominations qu'il obtiendrait,
par l'influence qu'il s'était réservée sur les élections, et
des partisans qu'il pourrait se faire parmi les autres, en
raison des grandes ressources dont il pouvait disposer, il
tiendrait facilement la balance entre les deux partis ;
qu'au moyen de ses *neutres* il la ferait pencher, soit à
droite, soit à gauche, selon les besoins, selon les circonstances, et qu'ainsi il demeurerait le maître comme il
l'avait été pendant trois ans, et par le même moyen.

On conçoit que le ministère avait pu calculer ainsi ;
mais l'allié sur lequel il avait compté, sentant toute son
importance, se montra exigeant ; il rappela le passé ; il
demanda des garanties pour l'avenir. Un accident funeste,
qui avait été au-dessus de la prévoyance de tout le monde,
vint se mêler aux circonstances et en changer l'aspect :
cet accident, en fournissant une ample matière aux décla-

mations des ultra , vint donner en apparence , un grand poids à leurs récriminations ; enfin le chef du ministère tomba , et avec lui s'écroula toute la puissance ministérielle.

Depuis ce temps la position a entièrement changé de face. Les circonstances dans lesquelles nous vivons aujourd'hui n'ont rien de commun avec celles où nous nous trouvions au moment où , pour la première fois, la résolution fut prise de nous enlever la plus précieuse des garanties de nos droits : alors le pouvoir ministériel était le but , l'aristocratie n'était qu'un moyen. Aujourd'hui c'est l'aristocratie qui est devenue le but ; il n'existe plus de pouvoir ministériel proprement dit ; l'action du ministère , c'est l'action de l'aristocratie.

Il devient donc évident que le projet de loi, par lequel on voulait remplacer il y a huit mois, le système électoral encore existant , ne saurait plus convenir , aujourd'hui que le pouvoir qui en faisait l'objet n'existe plus ; et l'on pourrait assurer, je crois, que la résolution de le remplacer a été prise dès l'instant où la faction aristocratique a pu se flatter de la chute de M. Decazes.

Il n'était pas facile pourtant de faire cette substitution ; car on ne pouvait pas en avouer le motif , et il était indispensable d'en donner un. Mais la nécessité, comme on sait, rend industrieux : on feignit de condescendre à l'opinion , de lui faire une concession, et sous ce beau prétexte on mit *décemment* la loi aristocratique à la place de la loi ministérielle.

Cette substitution n'a rien qui doive étonner. Elle est la conséquence naturelle des changemens qui se sont opérés dans l'intervalle de la production du premier projet de loi à la production du second.

La nation sait maintenant ce qu'elle doit penser de la

prétendue déférence du ministère , pour l'opinion qu'elle avait manifestée.

Le projet retiré menaçait la liberté. Mais il laissait encore quelqu'espoir , quelques chances de retour , que le nouveau projet nous interdit à jamais.

§ IV.

Il n'est bruit depuis quelques jours dans les salons de Paris que de l'histoire édifiante de *Pataud*, ce chien fidèle et soumis, qu'un instant de négligence avait rendu insolent, et que la fermeté d'un vieux serviteur remit à la chaîne qu'on le croit destiné à porter toujours. Cette histoire a rappelé à un savant dans la Biographie Canine les aventures d'un certain Colifichet qui n'étant bon à rien prétendait pourtant être mollement couché sur des coussins auprès du feu, pendant que Pataud gelerait dans sa loge et se nourrirait des os que lui abandonnerait son camarade. Personne n'ignore que *Colifichet* voulut se fâcher contre le nouveau favori du logis et montra les dents à Pataud qui n'y fit pas attention , et continua son service aux conditions que lui accorda son maître. Mais Pataud avait un cousin employé dans les bergeries de ce maître; son histoire est peu connue et mérite de l'être. Voici comment on me l'a contée.

Barbet, c'est le nom de ce chien, était une des plus misérables bêtes de tout le chenil de monseigneur. Jamais de repos; force coups et toujours maigre chère dont le berger lui dérobait encore une part. Un beau matin, maître et valets disparurent ; le troupeau se dispersa, cherchant pature à son aise : Barbet en fit autant. Il ne tarda pas à s'apercevoir qu'il pouvait vivre sans le secours du berger, ou plutôt qu'il se passerait bien plus facilement de la pâtée de son maître, que son maître ne se passerait de ses jambes et de ses dents , et il résolut de demeurer libre.

Cependant , Monseigneur revint avec ses gens , et sa meute : le reste ne tarda pas à se réunir dans les cours du château , remuant la queue , et aboyant pour avoir de la pâtée. Pataud se présenta d'un air fier , avec la conscience de son mérite , et certain d'obtenir double portion , parce que nul mieux que lui ne savait courir sus aux passans , aux mendians surtout , et que nul n'entendait mieux le service de la basse cour. Aussi le Maître , bien conseillé , lui assigna des fonctions agréables , lui assura un copieux ordinaire , et même lui redora son collier. C'est alors qu'il eût sa fameuse querelle avec Colifichet.

Barbet, cependant, ne répondait pas à l'appel des sifflets et des cors. Les gens de Monseigneur criaient à l'ingratitude , à la révolte , et leur maître se proposait bien de châtier sévérement le pauvre Chien , lorsqu'il se présenterait. Là dessus , on partit pour la chasse. Un des piqueurs s'étant écarté de la meute , entra dans un taillis , où il crut reconnaître Barbet. Il fut à lui , le fouet levé ; mais celui-ci qui était devenu grand et robuste , au milieu des bois et de la liberté , se leva soudain et] ce mouvement fit reculer le valet de Monseigneur : il se rapprocha cependant , pour essayer si des caresses et de bons traitemens produiraient plus que des menaces. Il lui offrit du pain, du gibier, de la viande froide. Barbet se retourna et s'endormit.

Le valet alla rejoindre ses camarades auxquels il conta l'aventure. Tous jetèrent les hauts cris , et l'histoire assure que Pataud cria plus haut que les autres.

P. S. Je corrigeais les dernières épreuves de cette brochure, lorsque l'on m'a fait part des nouvelles suivantes, que j'ai cru devoir communiquer à mes lecteurs :

On assure qu'une circulaire, sortie des bureaux de la guerre, invite les officiers de tous les corps à souscrire pour le monument élevé à S. A. R. Monseigneur le duc de Berry. On ajoute que les officiers d'un régiment de cavalerie, bien décidés à souscrire, ne le sont pas également à confier le produit de leur souscription à certains hommes, dont le royalisme bruyant ne fait pas oublier les antécédans révolutionnaires et impériaux.

On dit aussi que la destitution de vingt-quatre colonels est prononcée, et sera très-incessamment publiée. Ces deux nouvelles ne sont que des bruits : s'ils se confirment, on ne manquera pas de chercher des rapprochemens forcés, absurdes sans doute, entre les souscriptions peut-être mesquines de certains corps, et la réforme de certains colonels. Espérons du moins, que cette réforme s'arrêtera aux grades supérieurs, et ne descendra pas jusqu'aux simples officiers.

M. le commissaire de police de la Chaussée d'Antin est venu saisir avant hier chez le libraire Corréard, en vertu d'une commission rogatoire, un ouvrage en trois volumes intitulé *Les Missionnaires.* Cet ouvrage orné de jolies gravures qui représentaient des scènes de mission, avec les développemens les plus édifians, était exposé depuis plusieurs mois à l'admiration des fidèles sur l'étalage du libraire, sans que l'autorité y eût rien aperçu de contraire au repos de la société, à la stabilité du trône et de l'autel, ni de nuisible à la morale publique et religieuse. Il ne serait pas impossible, toutefois, que ce livre maudit eût corrompu à petit bruit plusieurs âmes candides. Nous devons seulement regretter que M. le curé de la paroisse n'ait pas aperçu le poison , avant qu'il ait causé des ravages.